Une belle soirée de hockey

David Ward

Illustrations de
Brian Deines

Texte français de
Isabelle Allard

Éditions
■SCHOLASTIC

Les illustrations de ce livre ont été faites à l'huile sur toile. L'illustrateur désire remercier les familles Saunderson-Werker et Stevenson-Lee pour leurs poses inspirantes.

Le texte est composé avec la police de caractères Poppl-Pontiflex Regular en 16 points.

Catalogage avant publication de Bibliothèque et Archives Canada
Ward, David, 1967-
[One hockey night. Français]
Une belle soirée de hockey / David Ward ; illustrations de Brian Deines ;
texte français d'Isabelle Allard.

Traduction de: One hockey night.
ISBN 978-0-545-98996-1

I. Deines, Brian II. Allard, Isabelle III. Titre. IV. Titre: One hockey night.
Français.

PS8595.A69H62314 2010   jC813'.6   C2010-900934-7

Édition publiée par les Éditions Scholastic, 604, rue King Ouest,
Toronto (Ontario) M5V 1E1 CANADA.

6 5 4 3 2 1   Imprimé à Singapour 46   10 11 12 13

Note de l'auteur

Mes premiers souvenirs de hockey remontent aux soirées où je patinais à l'extérieur, à Dollard-des-Ormeaux, la ville où j'habitais. Je me souviens du froid et des silhouettes floues des voisins qui surgissaient de l'obscurité et disparaissaient en glissant sur la glace. Derrière notre maison s'étendaient des terres agricoles, plutôt marécageuses au printemps, et où des patinoires naturelles se formaient durant l'hiver glacial. Le hockey sur étang faisait partie des hivers québécois.

Un jour, ma famille a déménagé en Colombie-Britannique, où j'ai découvert que les patinoires extérieures et le hockey étaient des éléments importants de la vie canadienne, partout au pays.

Bien des années plus tard, l'émission *Hockey Night in Canada* (version anglophone de *La soirée du hockey*, sur CBC) a lancé un concours de patinoires d'arrière-cour. L'un des participants vivait à Little Harbour, en Nouvelle-Écosse. Il avait eu l'ingéniosité de faire une patinoire à partir de casiers à homards. Quoi de plus canadien? C'est cette perle de l'histoire du hockey qui m'a inspiré ce récit. Pendant que le livre *Une belle soirée de hockey* prenait forme, une autre petite ville de la Nouvelle-Écosse a fait les manchettes sportives avec Sidney Crosby, de Cole Harbour. Le plus jeune capitaine de la Ligue nationale de hockey défilait avec la Coupe Stanley!

Depuis la parution du livre *Hockey sur le lac*, mon premier album sur notre sport national, j'ai rencontré des milliers de Canadiens qui m'ont raconté leurs propres histoires de hockey. Que les parties et les histoires se poursuivent!

Olivier regarde tomber la neige par la fenêtre de sa chambre. Il y a deux semaines, sa famille a traversé le pays pour venir s'établir en Nouvelle-Écosse. Il reste encore des boîtes à déballer. Noël approche, et tous ses amis sont loin, en Saskatchewan. Pire encore, il n'y a pas de lac gelé ici, à Kettle Harbour. Comment sa sœur et lui pourront-ils jouer au hockey comme ils aiment tant le faire?

— Olivier! crie Léane. Viens faire des lancers! Je voudrais m'entraîner!

Olivier soupire et descend l'escalier d'un pas traînant. Il enfile sa veste, ses bottes et ses gants, puis saisit son bâton de hockey dans l'entrée.

Sa sœur ramasse son masque de gardienne de but en disant :

— Après trois buts, on changera de position.

Olivier et Léane sortent par la porte avant. Leur père leur a interdit l'accès à la cour arrière.

— C'est seulement pour quelques jours, leur a-t-il expliqué. C'est… un secret.

Il neige depuis des heures. La route n'a pas encore été déneigée. Alors Olivier et Léane commencent à déblayer l'allée. Puis Olivier met le filet en place pendant que Léane se prépare.

Léane est une bonne gardienne de but.
Quand elle porte ses jambières, Olivier doit
déployer beaucoup d'efforts pour compter.
Après plusieurs lancers, il réussit enfin à la
battre du côté du gant.

— Je préférerais jouer sur le lac! crie-t-il. Je
m'ennuie de nos amis.

Le masque de Léane bouge de haut en bas.

— Moi aussi, acquiesce-t-elle.

Il ne reste que quelques jours avant Noël,
mais plus rien n'est comme avant.

Après le souper, on sonne à la porte. Olivier et Léane courent ouvrir. Mme Penner, leur voisine, est sous le porche, le visage rougi par le froid. Un garçon se tient à la rampe derrière elle, au pied des marches.

— Voici les casiers à homards que ton père a demandés, dit-elle à Olivier. Et Chris voulait te dire bonjour. Vous vous êtes rencontrés à l'école, n'est-ce pas?

Olivier regarde le garçon et lui demande :

— Aimerais-tu venir jouer au hockey bottines chez nous, un de ces jours?

Chris hoche la tête en souriant.

Olivier et Léane sont envoyés dans le salon dès que leur mère arrive. Celle-ci ferme la porte d'entrée derrière elle. Les enfants entendent les deux femmes qui discutent sous le porche. Leurs voix étouffées sont ponctuées par une exclamation de Chris.

Olivier et Léane se regardent. Que se passe-t-il au juste?

Le lendemain soir, Olivier est en train de lire dans le salon quand il voit deux hommes remonter l'allée en transportant des casiers à homards. Ils disparaissent dans le garage. Olivier se lève pour aller voir ce qu'ils font, mais sa mère intervient immédiatement et lui demande :

— Peux-tu aider Léane à faire ses devoirs, s'il te plaît?

— Je voulais seulement voir ce que fait papa, dit Olivier.

— Sois patient, mon chéri. Tu le sauras bientôt.

Plus tard, Léane entre dans la chambre d'Olivier.

— Papa passe beaucoup de temps dans le garage, dit-elle. Je me demande ce qu'il manigance.

Elle regarde dehors d'un air rêveur.

— J'aime mes nouvelles jambières, ajoute-t-elle. Et j'aime jouer au hockey bottines devant la maison. Mais ça ne se compare pas aux parties que nous faisions sur le lac avec nos amis. Je voudrais tellement retourner là-bas!

— Moi aussi, dit Olivier. Jouer dans l'allée, ce n'est pas la même chose. Je voudrais enfiler mes patins et disputer une vraie partie sur la glace! Peut-être que personne ne joue au hockey par ici, conclut-il en courbant les épaules.

La veille de Noël, bougies et serviettes rouges sont disposées sur la table pour le lendemain. Le sapin de Noël et les cadeaux scintillent dans le décor chaleureux. Tout semble familier, mais il manque quelque chose.

— J'aimerais être dans notre ancienne maison, dit Olivier. Léane et moi, on aimait tellement patiner sur le lac!

Ses parents échangent un regard complice.

— Je sais, dit sa mère.

— Mais ce soir, nous avons une surprise pour vous, ajoute son père.

Léane lève les yeux.

— On va repartir? demande-t-elle avec espoir.

— Non, répond son père. On va sortir! Allez mettre vos patins! Prenez aussi vos gants et vos bâtons.

— Mais c'est la veille de Noël! s'écrie Olivier.

— Justement! renchérit sa mère en riant.

Intrigués, Olivier et Léane vont chercher leur équipement et se dirigent vers la porte avant.

– Non, par ici! dit leur mère en désignant la porte arrière. Allez dans le jardin!

Leur père est déjà sorti.

Les deux enfants suivent leur mère et traversent la cour d'un pas traînant.

Arrivé à la haie, Olivier reste bouche bée. Il est stupéfait! Des lumières vives scintillent dans les buissons, éclairant une vaste surface luisante et glacée. Son père est au centre, appuyé sur une pelle. Un muret de casiers à homards forme le contour.

— Une patinoire! s'écrient Olivier et Léane.

— Joyeux Noël! s'exclament leurs parents en chœur.

Des voisins commencent à arriver, un à un.
Ils franchissent la haie, leurs patins sur l'épaule.
Mme Penner porte un chandail des Oilers
d'Edmonton et Chris fait signe avec son bâton
de hockey. Olivier lui fait signe en retour. Une
foule de chandails colorés défilent sous la neige
qui tombe : Montréal, Toronto, Calgary, Ottawa
et Vancouver.

Le père d'Olivier sourit.
— Es-tu prêt? demande-t-il à son fils
en lançant une rondelle
sur la patinoire.

L'air froid et le bruit sec des bâtons sur la glace donnent à Olivier l'impression qu'il est sur le lac, en Saskatchewan.

« Quel bonheur! » pense-t-il en regardant sa sœur bloquer un tir de Chris.

— Olivier! s'écrie-t-elle en lui tendant la rondelle.

— Allez, Chris! crie Olivier en faisant une passe
à son nouvel ami. C'est la soirée du hockey à
Kettle Harbour!